［俳句とエッセー］

エピローグ

藤野雅彦

創風社出版

俳句とエッセー　エピローグ

目次

ホップステップジャンプ　春

プルタブを引く指先にある余寒

牡丹の芽遠い地球の記憶もつ

春はひねもす金平糖は転がって
春である花も咲かずにいられるか

ただ単に桜見ているだけなのに
ライトアップされて桜が照れている

枝垂桜の垂れる気持ちわかるかな

本心がほろりこぼれる養花天

いい天気いい渦潮だいい船だ

たんぽぽとわたしわたしとたんぽぽと

どうしよう磯巾着に懐かれて

ぺんぺん草屋根に咲かせる青い風

群青の青の向こうの春の富士

木星の隣は土星クロッカス

雛かざる婆さまたちの恋話
吊皮に手首まで入れ春眠す

陽炎と遊びいつしか友だちに

ホップステップジャンプで触れる春の雲

春愁の三角定規の円い穴

淡雪の少年走りつつ光る

陽炎の中へわたしを抜け出して

ミモザ咲く今日はレトルトカレーの日

カタクリの花青すぎる青い空

それはそれこれはこれです目刺です

老人は死んでも老人草木の芽

凧揚がる糸の長さだけ揚がる

暗算の指よく動く山笑う

春愁の内股に貼るサロンパス

春愁いポニーテールを解くとき

名曲喫茶柳月堂の春の黙

真ん丸になりたい楕円春めいて

マンモスがすぽすぽと来る春の湖

あの辺てなんじゃもんじゃの咲く辺り

未然連用終止連体鳥雲に

木の実植う今老人のど真ん中

囀りや森の匂いのする老人

雪解けて昔話を売る小店

朧夜の骨を探している海月

小女子の煮方俳句の作り方

花咲いて壷中の天より山頭火

花冷えの僕にもあった神田川

菜の花の時緩やかに過ぎてゆく

菜の花や右代表はいつも彼

春はあけぼののダブルベッドの境界線

陽炎の中より父を連れ戻す

青春と鰆に賞味期限かな

青春はいつも身近にふらここに

青春はいくつまでだろ雲は春

春の野を過る啄木青々と

君がもし菜の花ならば蝶になろ

どっちみち　夏

しまうまのしまのシャツ着て夏に入る

南吉のデンデンムシを探そうよ

蝸牛ふるさとを捨て捨てきれず

カルピスをごくりと朱い夏に入る

柿若葉君は弱酸性になれ

目には青葉七十にして胸騒ぎ

蚕豆の莢に眠っている太郎

新緑の昭和いっつも走ってた

母の日の耳をつまんで振り向かす

母の日の母の匂いの大きな木

短夜のモモイロサンゴ産卵す

夏の夜の座りたくなる木のベンチ

梅田駅に降りて梅田は梅雨の月

どっちみちどの道行っても梅雨の道

夏の夜はエピローグまで一息に
取り敢えず昼寝してから返事する

馬鹿たれにバカと言われてソーダ水

マネキンの担がれてゆく緑の夜

蜘蛛の囲と闘う赤胴鈴之助

これがかの不器男の家か苔の花

瀬戸の海越えて来たのか夏の蝶

ええやんか初夏の集いにジャズなんて

足すものも引くものもない柿若葉

柏原はふるさとに似て麦の秋

薔薇手折るさよなら告げる手で手折る

原発の再び動く日の蛍

御機嫌な五十年目の扇風機

長男に背丈抜かれた日のシャワー

十二歳のお尻冷蔵庫を閉める

夕焼小焼けジャングルジムにまだ一人

くねくねと嵐山遊ぶ大蚯蚓

悔し泣きしていたあの日のあめんぼう

蟇の鳴くそんじょそこらという辺り

向日葵のベンチどかんと大やかん

紙飛行機の空向日葵の空

終末医療どうするどうする鰯雲

銭湯で声かけあってかき氷

白玉ややがて一人になる二人

サングラスに席ゆずられて恐縮

噴水のてっぺんにいる水の神

あちこちでいらぬ世話焼くサングラス

夏の雲そこは貼紙禁止です

夏野まで走って青い風となる

新緑の大学ノートの彼女の名

コロボックルと会う蕗の葉の門くぐり

退屈だからトマトピューレを作ってる

遠くまで続く夏野を少し歩く

あめんぼう蛋白質は足りてるか

ピッと出る八月六日の赤子の屁

ふいに手をつなぎたくなる広島忌

ミニエッセー

この世に生まれて二万六千六百日。

小学生の頃は二十一世紀は遥かな未来だった。昭和十七年に鳳徳国民学校に入学。母も父も元気だった。宮津国民学校に転校し叔母の許で玉音放送を聞いた。卒業は山国小学校。周山中学校、北桑田高校、同志社大学を卒業、そして就職。五十年を働き平成二十二年、七十一歳で火箱さんに出合う。俳句を始める。祖父も父も親しんでいた俳句を。父の亡くなった八十五歳まではまだ十三年ある。

七十二の秋の貴方へあらかしこ

◆

母校山国小学校が統合でなくなった。私が通っていた頃は、漫画の本なんてなかなか手にすることはなかった。時たま、誰かが手に入れると、さあ大変。放課後は、読み役を多くの仲間が取り囲み、覗きこみ、耳をそばだてる。一冊のマンガが、友だちの手から手にわたり、持ち主に帰って来るまでにかなりの日にちがかかる。

戦後すぐのことで新聞はタブロイド判だったし、教科書は大きな模造紙に印刷されたものをナイフで切って自分で閉じた粗末なものだった。

のらくろがいてダン吉がいて冬ぬくし

今、ゲゲゲの鬼太郎を見ながらそんなことを思い出している。

「みなさん何を狙ってはりますの」
「黄連雀ですわ。昨日ここに来とったと聞いたんで朝から来たんやが」
五、六人の、バズーカのような望遠レンズを付けたカメラを持った人が黄連雀を辛抱強く待っている。いい写真が撮れるまで何日も通ってくる人もいるようだ。

黄連雀がやって来るのは、高瀬川が伏見港に流れてくる、豪川の辺り。こんな街中に黄連雀がやって来るのは珍しいそうだ。豪川の川辺には樹齢三百年という大きな榎が何十本も繁っている。榎は夏には大きな木陰を作ってくれる。冬になり葉っぱが散ると榎にはたくさんの宿り木が目立つ。

昔は、街道の一里塚として榎が植えられたという。若葉は食用になり、樹皮のせんじ薬は漢方薬。木の実は甘く小鳥が好んで食べる。

◆

第五十六代斎王代は同志社大学政策学部四回生。高校時代にはアメリカに留学し英語は堪能。テニスもうまいとか。母もおばも斎王代を務めている。昨年の斎王代の六波羅蜜寺のお嬢さんも大学生だった。はじめての平成生まれの斎王だと話題になった。母子とも斎王代なんて名誉なことだがそれはそれで大変なことだろう。

葵祭は、御所もいいが新緑の加茂街道をゆく行列が一番絵になる。

◆

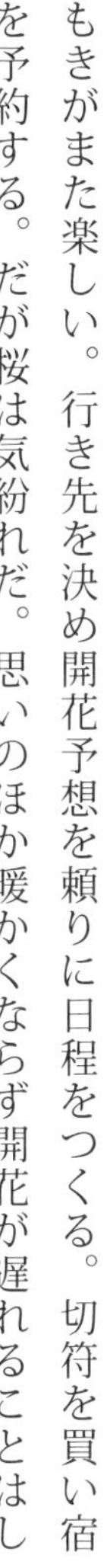

三月になると開花予報が待ち遠しい。今年はどこへ行こうかと思うときのやきもきがまた楽しい。行き先を決め開花予想を頼りに日程をつくる。切符を買い宿を予約する。だが桜は気紛れだ。思いのほか暖かくならず開花が遅れることはしばしば。

今年は「三春の滝桜」に会いに行くことにした。昨年の大河ドラマ「八重の桜」

にも行きたくて。
　樹齢千年以上という三春の滝桜は日本三大桜の一。今年はちょうど八分咲きの見ごころ。開花予報がどんぴしゃりだった。今年で、弘前城、角館、北上展勝地の、東北三大桜に会うという念願を果たした。

目にさくら八十にして胸騒ぎ

◆

　今宮幼稚園の卒業式は生憎とおたふく風邪に罹り出席できなかった。卒園式の翌日、担任の先生が卒園証書などの入った紺色の箱を自宅に届けて下さった。小学校は二度転校した。入学したのは鳳徳国民学校。卒業は山国小学校。今母校は統廃合の渦中にある。中学校は周山。北桑田高校の卒業式は大学の入学試験の日と重なり出席できなかった。大学の卒業式は大人数過ぎて印象が薄い。が、卒業前に親友四人で行った九州一周旅行はよく覚えている。

市役所の退職の日は、退職の辞令をもらったあと、世話になった方々に挨拶をし、最後の職場の仲間から花束を貰って別れを告げた。

◆

戦前は堀川北大路を少し上がった所に住んでいた。北大路堀川の東南角に復活幼稚園がある。家にはねいやさんがいたが幼稚園に行かせてもらうことになり、復活幼稚園の入園試験を受けた。その試験で一つだけ覚えているのは、お箸、ご飯茶碗、御汁茶碗など出されて正しく並べるテストである。それはちゃんと出来たと思ったが入園はかなわなかった。

そして、近所の女の子が毎日誘ってくれて、大徳寺を抜けたところにある今宮神社の今宮幼稚園に一年間通った。

◆

「寺子屋」で俳句を始めて十二年になる。

定年後、第二の仕事も第三の仕事も終えて七十歳。この辺で仕事を辞めても神さんは許してくれるだろうと思った。しかしまだ元気だ．惚けるにはまだ早い。そんな時に近くにあったのが、火箱ひろさんの俳句教室「寺子屋」。

それまでの毎日は俳句とは縁が薄かったが、祖父も父も妻も俳句をしていて、田舎に帰れば「玉藻」や「吾輩は猫である」が連載されている昔の「俳句」が埃をかぶっていた。

今では俳句を始めてよかったと思っている。「寺子屋」と「船団」の俳句が私の性に合っていたのかもしれない。何を見ても五・七・五になってしまう。俳句は面白い。

◆

今、私は八枚の診察券を持っている。掛かり付け医の東前医院、腹部大動脈瘤の手術をしてもらった京都桂病院。歯の定期検診に行く三林歯科。膝と左肩の骨の変形の手当のあさひ整形外科。皮膚の痒みの谷岡皮フ科クリニック。頻尿の伏見桃山総合病院。植田眼科。林戸耳鼻咽喉科。一番厄介になっているのはあさひ整形外科。ほぼ毎週膝と肩のリハビリに通い二週間に一度はヒアルロン酸の注射をしてもらっている。膝痛は治ることはない。これ以上悪くならないようにはなる。杖が手放せなくなった。

杖ついて駅まで十分街薄暑

生き生きと　秋

だまし舟折ってあげましょ終戦日

水臭い親父だったな墓洗う

西瓜食う次男はとかくややこしい

こんな日は西瓜の中に潜りたい

言いにくいことは西瓜を食うてから

分度器で測る西瓜の三角形

躙り口少し開けおく十三夜

十六夜の万年筆で書く手紙

うふふふの話長々秋の夜

満月の満をあずかる妙満寺

中秋の柳月堂のマッチ箱

流れ橋渡る世間にねこじゃらし

週末になると熱出す曼珠沙華

欠席の理由小鳥が来てるから

小鳥来るボンネットバス走る島

星飛んでキリンの耳がピンと立つ

夜伽する老女二人とすいっちょん

秋夕焼落ち着きのない象の耳

普段着よと言われてもねえちんちろりん

生き生きと雨に打たれている子規忌

早稲中稲晩稲次次子が生まれ
露草にふれて少女は露となる

蟋蟀と相部屋になる一人旅

多数決で決めてみんなで秋惜しむ

蛇穴へ波羅蜜多心経唱えつつ

烏瓜もう十分に生きたので

烏瓜思わぬ出会いありまして

爽やかにしゃらりと嘘を吐く女

通るたびに金柑の数減っている

桃太郎の入っていそうな桃を買う

真心を込めて渋柿甘くなる

頑張っても頑張っても草の花

秋惜しむ助詞も動詞もない二人

面取りをされて大根面映ゆし

新米の炊きたて卵かけご飯

老いるとは生きていること流れ星

すれ違う人みな少年秋の暮

柿熟れる頃がいいなあ自分の忌

萩と月何時か別れる人といる

晩夏光因数分解すれば秋

紀の森の奥の奥より瓢の笛

海蛍光る八月十五日

原発に一番近い草の花

小鳥来る紫野下若草町

秋うらら離婚するならご自由に

遠き日の海の匂いは檸檬の香

ぽこぽこぽこと　冬

十一月十一日のつけ睫毛

大根洗う蛇口いっぱい開け放ち

時雨忌の花の形に切る人参

木枯しを歩く太郎の太い眉

親指の爪の勤労感謝の日

古本屋が好きでいつしか十二月

親指は幾つのみかん剥いただろ

パーコレーターぽこぽこぽことレノンの忌

クリスマスイヴのリンゴはまだ酸っぱい

冬ぬくしパン生地ふっくら発酵す

妻と同じ歩幅で歩く去年今年

初鏡ぽっちゃり以上でぶ未満

淡く引く彗星の尾も寒紅も

留守番をしている冬の蝿と僕

玉子酒やるべき時はやる男

青春のわが原点の冬木立

鰤さばく菊一文字の出刃包丁

摩訶般若波蜜多心経雪来るか

着ぶくれて石段のぼる串団子

天界へつづくきざはし冬紅葉

大階段師走のお尻駈け上がる

ミソサザイ今おばさんになるところ

冬の蝶細見綾子に会いに行く

冬苺未来なければ創ります

みかんが好きみかんの好きな人も好き

淀大根どかんどかんと売られおり

石蕗の黄に虻の来ている日和かな

雪積むやみんなでしょんべん飛ばしっこ

雪しんしん声出して読む中也の詩
くしゃみする私が私でいる理由

つら氷柱つらつらつらつらら氷柱つら

底冷えを出て行く列車着く列車

オモチャのチャチャチャお餅がぷっとふくらんだ

大寒む小寒む少年に羽生えた

この水はきのうはきっと雪うさぎ

成人の日の壁叩く拳かな

Vネックセーター二十歳の染みのあと

そう言って下さるだけで冬ぬくし

日向ぼこふっくらパンの焼けるまで

合鍵を拒む鍵穴冬の月

叱られて尖がったのね冬の月

冬の薔薇写真はいつも隅っこに

豪雪の町の消印だから彼

駄菓子屋は子どもの世界春近し

マンモスの化石を抱いて山眠る

お布団の尻の窪みにある平和

ハイブン

平成の最後の年に

この三月で八十三歳になった。

宮津の叔母の許に妹と預けられていた私は、八月十五日のあの玉音放送を町内の方が家の前に持ちだされたラジオで聞いた。そのラジオは少し上等だったのだろう、近所の人達も集まってきて、初めて天皇陛下の声を聞いた。四年生の夏だった。

叔母は食料を確保するのに大変だったと思う。日に日に箪笥が痩せていくのが子どもなりに感じていた。その時の私には毎日空腹を満たすことが一番大事で、八十三歳は遠い未来のことで、ましてこんな豊かな世の中になっていようとは夢にだに思わなかった。

叔母の家の裏庭を耕していくばくかの野菜を作っていた。結構収穫できた。かぼちゃは垣根の方まで蔓を延ばし、思わぬところに大きな実を付けることもあった。胡瓜や葉物と比べ南瓜は腹を満たすには上々だった。

終戦の年の九月の末に、五月に赤紙が来て出て行った父がひょっこりと帰ってきた。

もうあと数日で平成が終わる。

花の種蒔く老人のど真ん中

初物七十五日

昭和の八百屋には旬があった。店先にはその季節の野菜が果物が並び、そして魚屋にはその季節の魚が売られていた。秋刀魚が店先に並ぶと、秋だなあと思ったものだ。

何時頃からだろうか。スーパーマーケットが出現し、八百屋がなり行かなくなりそれまでの商店街がさびしくなりだしたのは。個人商店で成り立っている商店街から大きなスーパーの進出に反対の声が上がった事を覚えている。

私が野菜や魚を買いに行く店は、一つは近くにあるスーパー。一つは、昔からある八百屋。それと近くの農家の直売。スーパーは、イオンと業務デパートと、最近は新鮮市場が加わった。

スーパーには、ほぼ一年中、トマトやナスが売られている。季節感が乏しい。

魚だって、タコもサバもサンマもカツオのたたきも一年中途切れることはない。これらに比べ果物は多少季節感がある。
近所の八百屋では、その多くが地場の野菜が多く売られている。でもレール物に比べ地場産は何故か少し値段が張る。中でも苺とトマトは近所の農家に適うものはほかにない。

男にも旬ありましてや苺にも

お蔭様で

私の母は終戦の年の三月に癌で亡くなった。三十九歳だった。最後は直腸癌だったと聞いている。

父の死因も癌だった。父はヘビースモーカーでいつも缶ピースを愛用していた。最後は、病院で鼻のチューブ、痰を管で吸い出していたが物凄く嫌がった。痰に血液が混じっていたので相当痛かったのだと思う。それを見ているのがつらくて、看護師にもうやめてやってくれと頼んだこともあった。

弟も癌のため七十歳で亡くなった。胃癌の手術の後しばらくは治まったかに思えたが食道に新しい癌が見つかった。すでに胃を切除しているので、今度は、腸の一部を食道として移設した。しかし食道と腸の機能は違うためうまく食べたものを飲み下せない状況が続いた。

私は今、前立腺癌といつ破裂するかもしれない腹部動脈瘤という爆弾を抱え毎日を過ごしている。前立腺癌は、最初は薬で抑えていたが、主治医との話もあり除睾手術をした。最大10以上あったＰＳＡの値は最近ではコンマ以下を保っている。腹部動脈瘤は大手術になるので血管にスティンを入れ動脈瘤への血液の流れを遮断し、これ以上大きくならないようにしているが。

百名山笑うよ富士は笑わない

ああ、ついていない

今年は一月早々から自業自得とはいえ全くついていない。

先ず、十一日からは前立腺がんのため、徐睾の手術をする羽目になった。平たく言えば、男ならだれにでもぶら下がっている「金玉」を取る手術である。オリンピックの金メダルは取れればうれしいがこれを取ると男として実に寂しい。前立腺癌は男性ホルモンがいたずらをしているため、女性ホルモン系の薬を使うのだが色々な副作用があるので、その製造元の睾丸を取ってしまうものである。しかも運が悪いことに、下半身を麻酔して手術するため、麻酔が取れたとき右の足首をどこかにぶっつけたかぶっつけられたか、踝の辺りをひどく痛めてしまった。

その為という訳ではないが、一月の下旬に自転車から降りるとき、右足がペダルに引っ掛かって倒れ、左の手をついた時に手首の骨にひびが入ってしまった。そして、三月の末までギブスをし、三角巾で首から下げる生活になった。

四十七日目に軽いギブスに交換してもらえたが、ギブスに包まれていた肘から掌までの角質が、つまり四十七日間の垢がぼろぼろと剝れるではないか。角質は垢とは言えわが身である。毎日、垢としてわが身から離れていくことには何の感慨も起きないが、こうもたくさんの角質が剝れていくことには多少の確執を覚える。

春はあけぼののあるべきものがついてない

岩魚の記

夏は海よりも山が好きだ。だんぜん山の方が涼しい。しかし、もう私の足では山に登るのは無理だ。などと思っていると、嘉門次小屋の岩魚の塩焼きのことがふと頭をかすめた。そうだ、上高地へ行こう。

京都駅から「のぞみ２０６号」に乗る。普段は、市バス・地下鉄で京都駅に行くのだが今日は遅れないようにタクシーを奮発する。荷物は宅配便で宿に送ったので、小さなリュックの軽装だ。

名古屋には三十四分で着く。「のぞみ」の車中は涼しいが、ご多分にもれず名古屋は暑い。名古屋からは「しなの２０３号」。中央本線のプラットホームは駅の一番奥で冷房の効いた待合室も見当たらない。仕方がないのでコンコースの待合室でしばしの涼を取る。

「しなの」は特急であるが新幹線から乗り継ぐと、車窓からの風景はゆるやかに流れる。旅をしている気分になる。「しなの」に乗りすぐに私も妻もうつらうつらが始まる。目が覚めた時には「寝覚の床」を通り過ぎていた。

松本からは電車とバスを乗り継ぎ上高地へ。朝、京都を発ってその日の午後には「河童橋」にいた。正面には、少し雪の残る槍と穂高。梓川の流れが涼しい。この涼気を京都に持って帰れないものか。

翌日、壊れかけた膝をいたわりながら嘉門次小屋の岩魚の塩焼きを食いに行く。用心しいしい歩くがやはり一度転んでしまった。擦り傷で済んだのが不幸中の幸いではあった。妻に「歩こうと思えば歩けるやないの」と冷やかされながら、三日間で四万歩近く歩けたのがうれしかった。まだまだ捨てたものではない(と、心の中でつぶやく)。

この前食った時は七百円だった岩魚の塩焼きは千円になっていた。旨かった。

雲の峰また雲の峰雲の峰

そろそろ

平成はあと半年で終る。私は八十三歳になる。日本の男の平均寿命は越えた。母は私が九つの時に亡くなったが父は八十五歳まで生きた。私は何時まで生きられるのだろうと思うことが時々ある。クラスメートの死を喪中のはがきで知ることも多くなった。

そんな時、妻が友だちから「エンディングノート」の話を聞いてきて私に書いてみないかと話してくれた。「京都ＳＫＹセンター」が五十頁ほどのエンディングノートを五百円で売っているとのこと。早速買って来てくれた。

表紙に、「～わたしからあなたへ～」とある。自分がどのような人生の終わりを迎えたいかを書いておくための「エンディングノート」。

書き方も丁寧に書かれている。「書きやすいところから、書き始めてください」

「伝える必要のない項目・残された人が知らなくても良い項目については、斜線を引いておいてかまいません」「記入日も忘れずに」など。以前に書いた内容を書き換えたい時のために差し替えのための用紙も別にあるらしい。

記入するのは、終末医療をどうするか。死んだことを知らせる人の名前やいつ知らせるかなど、実に親切に挙げられている。

妻とは日ごろから話しているからよいが、親戚からはなにかといわれるかもしれない。このことは二人の息子にもはっきり書き残しておいた方がよさそうだ。気を付けていても明日事故に会うかもしれない。ぼちぼち書いていくことにしよう。

死ぬことも結構めんどうかなかなかな

私の六十年前

この三月で八十三歳になった私の六十年前の春は、大学を卒業した後の進路、就職を考える時であった。

私は生まれ育った京都という町が好きだったので出来れば京都で暮らしたかった。これがすべての理由ではなはないが、銀行や大企業と比べると初任給は多少低いが京都市の試験を受けることにした。採用試験は五月の筆記試験によりまず篩にかけられ、市長面接を経て採用が決まる。七月に採用決定を受けたこの年の八月は気分爽快であった。

一九五九年四月一日、時の高山義三京都市長から採用辞令を受けた。青色のカーボンの字の人事異動通知書には、「事務員に採用する」「六等級四六号を給する」「北区役所勤務を命ずる」と書かれている。大卒の初任給は一〇、八〇〇円だったと記憶している。その頃、一三、八〇〇円という歌がはやっていた。私の卒業した同志社の経済学部は公務員、まして地方公務員を選ぶものは少なく、この年、京都市役所に入ったのは二人だけだった。

慣例として大卒の試験採用者は一年間区役所などに配属されるというしきたりになっていた。私は北区役所の市民課調査統計係勤務を命じられた。このため、区役所の先輩からはこの人は一年で本庁に行かはる人やいう目で見られていると感じた。この、一年目は区役所などという制度は私たちの年度で終わったと思う。この一九五九年は選挙の当たり年だったので新人の研修のあと区役所に行くと選挙の準備で大わらわだった。

新人は嫌とも言えず炎天下

日日是じじい

歩幅が短くなった。歩くのが遅くなった。前を行く人との距離が開く。後ろから来る人には抜かされる。つま先が上がってないと言われる。躓きそうになる。何でもないところで転びそうになる。

歩けなくなりたくない。自分の足で歩けるという事は素敵なことだ。遊びに、旅行に行けるのも、買い物に行けるのも歩けるからだ。

歩くのがしんどくなった原因の一つは前立腺癌の治療にある。副作用のため足が弱くなり、下腹部が、胸が膨らんだ。

最近、滋賀医大において、カプセルのようなものを前立腺癌に打ち込み消滅させる治療のある事を知った。こんな治療方法がある事これまで私は知らなかった。主治医も知らなかったか。あるいは、最新の治療方法か。

今年の三月で八十三歳になった。今、私の体は色々な不都合を抱えている。右膝痛、腰椎の分離症、血圧、腹部大動脈瘤などなど。診察券は八枚。

これらの不都合とだましだまし、だまされながら上手に付き合いながら今しばらくは生きていくことになる。

ジューンドロップ風が話しかけてくる

私の十句

ライトアップされて桜が照れている

妙満寺は、現在は岩倉の幡枝にあるがこれまで幾度も火災や禁門の変により伽藍を焼失しその都度再建されてきた。押小路通り河原町西入ル、京都市役所の北側から岩倉に引っ越してきたのは昭和四十三年のことである。

妙満寺にある「雪の庭」は俳諧の祖・松永貞徳の造園と言われ、「雪・月・花」の三名園の一つである。妙満寺の真正面には比叡山がそびえている。また、道成寺にあった安珍清姫伝説の縁の鐘もこの妙満寺にある。

俳諧の祖、貞徳にあやかって春は「花の会」、秋は「月の会」冬は「雪の会」という句会が催されている。殊に春は薄いピンク色の枝垂れ桜が見事に咲き誇る。一定期間ライトアップされている。最近は雪の会に雪があっったことはない。

いい天気いい渦潮だいい船だ

いつ頃だったか確か松山句会の皆さんの肝入りで四月の大潮の頃、船団の仲間二十人ほどが観潮に行った。最初は渦潮を見る橋の上から直下の渦潮を見おろしすごいなあと思った。その後で観潮船に乗ることになった。

渦潮はせまい鳴門海峡を潮が満ち引きすることにより起こる。観潮船は渦潮のすごさを見るために頃合いの小さからず大きからずの船である。潮の流れにより船はけっこう揺れる。小さい船は波にもまれてはいるが漁師の船なのか巧みに潮の流れに乗って走っている。

この辺りの海底には立派な鯛が住んでいると聞いた。渦は海の表面だけで海底の方は穏やかなのだろうか。この潮の底にいる鯛は身が締まって美味いというから海底の方も相当の流れがあるのだろう。

名曲喫茶柳月堂の春の黙

私の大学生の頃は名曲喫茶が流行っていた。その流行に逆らわずよく名曲喫茶に行ったものだ。出町柳の叡電の駅前には「柳月堂」、百万遍には「らんぶる」、四条界隈の「ミューズ」など。

大学には映画の好きな先輩、クラシックの好きな同輩。「グリークラブ」に入っている者もいた。私は映画も見、音楽喫茶にも行った。

名曲喫茶には独特の雰囲気がある。明りを落した店内には、立派なスピーカーに向かってギッシリと椅子が並んでおり、皆一言もしゃべらず曲に耳を研ぎすましてしている。咳をしてもじろりと睨まれる。私はそれ程クラッシクに嵌まり込んでいたわけではない。どちらかと言えば音楽は私にはBGMだった。

しまうまのしまのシャツ着て夏に入る

京都市動物園は左京区の岡崎公園の東南隅にある。岡崎公園には、平安神宮の大鳥居が天を突いている。この区域には、京都市美術館、国立近代美術館、ロームシアター（京都会館）などがある文化ゾーンである。

開設されたのは千九百三年。上野動物園に次いで我が国二番目の動物園である。面積はほぼ四ヘクタール、こじんまりとした動物園。一時、宝ケ池の方に移転するという話もあったが、いつの間にか立ち消えになった。

また、京都の動物園も昭和十九年ごろ、猛獣が射殺されるという悲しい歴史を持つ。

動物園は、子供だけでなく大人も楽しめる。吟行をするにも佳いところである。猿山は退屈しない。

蝸牛ふるさとを捨て捨てきれず

七十七歳の年に句集「でんでんむし」を出した。この句集は「私家本」でそんなに多くは印刷せず、親しい人にだけ差し上げた。このタイトルのもとになった俳句は「帰ろうかでんでんむしのふるさとへ」である。

父が亡くなり、義母が亡くなって以来、今、ふるさとの家は誰も住んでいない。幸い一番下の妹は、このふるさとで小学校から高等学校までを過ごしたので、一番若いこともあり、毎週末には帰ってくれている。私は自家用車を手放してからは十月のお祭りには帰るがめっきり回数が減った。

曽祖父母、祖父母、父母と弟の位牌と墓があり放置することもならず頭が痛い。約百五十坪ほどの古家は潰せば更地になり、固定資産税が跳ね上がることになるし。ああ。

母の日の耳をつまんで振り向かす

母の日に比べて「父の日」はとかく忘れられがちである。俳句も「母」を詠んだものが多いように思うのは男の私のひがみか。

毎年、母の日には、「二の字二の字の下駄の跡」の句碑の立つ丹波市柏原で「田すて女俳句ラリー」が催される。以前はよく参加していたが、京都からは福知山線経由でそこそこ遠いことや歳のせい（なんでも歳のせいにするのはよくないが）もありここ数年は訪れていない。

私の母は小学校の先生をしていたが恩給がついた昭和十八年に辞め、間もなく他界した、私の九つの三月だった。五つ違いの妹は母の事や顔を全然覚えていないという。無理もないと思う。私だってそんな多くの思い出があるとは言えないのだから。何故か写真も残っていない。

銭湯で声かけあってかき氷

昭和三十八年四月に結婚した。二人の最初の住いは、木造二階建てアパートの一室である。間取りは、六畳と三畳の二間に小さな流し。便所と洗面所は共同。洗濯機は共同洗面所に置いていた。手回しの絞り機のついた洗濯機だった。その頃は自転車で曳くリヤカーに豆腐を乗せて売りに来ていた。

風呂はついていないので歩いて十分位のところにある銭湯。長男が生まれてからは三人で銭湯に行った。妻が長男を連れて入り、洗い終わると「上がるよ」と仕切りの壁ごしに声をかける。私もそそくさとあがり服を着た長男を受け取る。銭湯には何故か瓶入りのコーヒー牛乳が置いてあった。十円ほどだったかなあ。

銭湯は冬は早く帰らないと湯冷めをする。

生き生きと雨にうたれている子規忌

法隆寺の子規忌は今年で百四回である。これは正岡子規の「柿食えば鐘が鳴るなり法隆寺」に因んでいる。主催は斑鳩吟社と法隆寺である。参加したことはないが、次第には十一時から三経院で子規法要が行われると書かれている。事前投句は七月末日が締切。当日句二句は十一時三十分の締切である。事前投句は、献句集という冊子にされて受付で配られる。この冊子によると今年は四百四十四句が献句された。この中から五人の選者が、特選一句、次点二句、入選十二句を選んでいる。

本番の俳句大会は午後からそれぞれの選者から選句した俳句が発表される。この句を作った日は小雨の日だった。雨が降っていなければこの句は生まれなかった。

欠席の理由小鳥来てるから

　私の住んでいるマンションの前の川は宇治川の派流「豪川」という。豪川には木屋町二条に始まる「高瀬川」が合流する。直ぐ南には宇治川に流れ込む手前に三栖の閘門がある。高瀬舟が宇治川に入り込みやすくするための閘門である。

　高瀬川が豪川に流れ込む辺りから三栖の閘門の辺りまで樹齢数百年の榎が何十本も植わっている。榎にはたくさんの宿り木がくっついている。その木の実を狙って連雀などの小鳥がやって来る。宿り木は絶滅危惧のある植物らしい。今年この宿り木の寄生している榎を土木事務所が選定していることを知った京都府の自然保護の担当部署は慌てて剪定を中止させた。

　こんな欠席の理由っていいなあ。一度言ってみたい。

マンモスの化石を抱いて山眠る

長崎半島の白亜紀の地層「三ツ瀬層」からテラノサウルス科の大型の肉食恐竜の歯の化石が見つかったという記事を数年前に読んだ。この種の化石は始めてらしい。

これまで多くの恐竜の化石が見つかっているのは北陸福井の辺り。恐竜の博物館がある。なぜ北陸には恐竜の化石が多いのだろう。

京都市の青少年科学センターには恐竜の骨の模型が置かれている。昭和四十年代に近くのマンションに住んでいたから子供を連れてよく行っていた。「フーコの振り子」、恐竜の骨格見本とか、プラネタネタリウムとか結構楽しめる。ここには学童の学習室もあり、京都市の小学生は野外学習で一度は連れてきてもらっているはずだ。

句集「エピローグ」の編集を終えて

七十歳から俳句を始め七年目の喜寿の記念に句集「でんでんむし」を出しました。それからまた七年。七度目の子年を迎えます。八十四歳になります。いい老人です。

物覚えが悪くなりました。歩くのが遅くなりました。杖が離せなくなりました。そんな私に妻は先に逝かないでと言います。でもそれは無理ですが、妻にはいつも感謝しています。

ミニエッセーは、俳句教室寺子屋の句集「てくてく」から。「ハイブン」は船団の「ハイブンの会」に出したものからです。

俳句を始めて新しい仲間ができました。脳みそは衰える早さが緩みました。

私に俳句という愉しみを教えて下さった火箱ひろさん有難うございます。

坪内稔典先生始め船団の皆さん、俳句仲間の皆さんに心から御礼を申し上げます。

この句集の発行に際し大変お世話になった創風社出版の大早直美さんありがとうございました。

令和元年十二月

藤野雅彦

著者略歴
藤野 雅彦（ふじの まさひこ）

1936年　京都市生まれ
1959年　同志社大学卒業
2007年　俳句教室寺子屋で俳句始める
2009年　船団入会
2013年　句集「でんでんむし」

住所　〒612-8234
京都市伏見区横大路三栖木下屋敷町 7-1-701

俳句とエッセー　エピローグ

2020年3月4日 発 行　定価＊本体1400円＋税
著　者　藤野　雅彦
発行者　大早　友章
発行所　創風社出版
〒791-8068 愛媛県松山市みどりヶ丘９－８
TEL.089-953-3153 FAX.089-953-3103
振替 01630-7-14660 http://www.soufusha.jp/
印刷 ㈱松栄印刷所　製本 ㈱永木製本

 ISBN 978-4-86037-286-6